Petites histoires de Merlin l'enchanteur

Déjà parus :

Sirènes bretonnes

Lutins et Korrigans

Lancelot du Lac

L'Île d'Ouessant

Fantômes bretons

Belle-Île-en-mer

Merlin l'Enchanteur

Le Pays de Tréguier

À paraître :

L'Ankou

Le Mont Saint-Michel

Brocéliande

La Ville Ys et les cités englouties

Design et graphisme de couverture : Studio Paola Fava Design
Illustration "Merlin l'enchanteur" : Émilie Étienne
ISBN 978-2-84362-373-8

Petites histoires de…

Collection dirigée par Dominique Besançon

Textes rassemblés par

Sylvie Ferdinand

Merlin l'enchanteur

Terre de Brume

2008

Avertissement

Depuis des temps très anciens, d'étroites relations se sont tissées entre la "Petite Bretagne", l'Armorique continentale, et la "Grande Bretagne", le Royaume-Uni insulaire, des contrées toujours plus unies que divisées par la mer. La Petite et la Grande Bretagne ont ainsi longtemps formé un même pays, partageant la même langue, la même culture et les mêmes légendes.

Plus que quiconque, l'enchanteur Merlin a tracé un trait d'union entre ces différents royaumes celtiques, dont il souhaitait ardemment l'alliance ; sous de multiples apparences, il n'a cessé de voyager d'une rive à l'autre, de sa merveilleuse conception jusqu'à sa disparition de ce monde.

Précoce dès sa petite enfance, il est devenu un prodigieux devin connaissant le passé et l'avenir, un puissant magicien, doué de nombreux pouvoirs. Merlin n'est pas une pure création du Moyen Âge, il est issu d'un passé beaucoup plus ancien et la magie qu'il pratiquait était proche de celle des druides, avec la médecine végétale, les métamorphoses et la maîtrise des cinq éléments : l'eau, le feu, l'air, la terre et le brouillard... Telle était sa puissance que le feu ne pouvait le brûler, l'eau le noyer ni les armes le blesser.

Prophète inspiré et sage conseiller, il a présidé à la naissance du roi Arthur, à son avènement et à son extraordinaire renommée, lui qui mit en déroute les envahisseurs barbares et fut l'espoir des peuples celtes *.

Ainsi a perduré l'ancien thème celtique de l'union entre l'autorité spirituelle du druide et le pouvoir temporel du roi. Merlin a aussi été le fondateur de la célèbre Table Ronde, regroupant autour d'elle les meilleurs chevaliers dans une parfaite égalité et une unité originelle retrouvée.

Ce personnage légendaire complexe, aux multiples facettes, détenteur de tous les secrets cachés de l'univers, n'a cessé de hanter l'imaginaire européen depuis des siècles et garde à jamais sa part de mystère...

* L'Arthur historique fut probablement un chef de guerre qui anima la résistance victorieuse des Celtes d'Outre-Manche face aux envahisseurs anglo-saxons à la fin du Ve et au début du VIe siècle. Il est devenu un roi mythique qui a suscité, avec ses chevaliers de la Table Ronde, une abondante floraison de romans, poèmes et légendes, dans les pays celtiques, puis dans l'Europe toute entière. *(Note de l'éditeur)*

Mais, comme le roi Arthur, il n'est pas mort, il est resté bien vivant dans le cercle magique de la Dame du Lac. il demeure dans nos mémoires et nos imaginations, prolongeant ainsi le rêve éternel de la restauration d'un Âge d'Or toujours espéré, de la quête d'un idéal toujours recherché…

Puisse-t-il longtemps continuer à nous enchanter *!

* Quelques références pour les lecteurs désireux d'approfondir leurs recherches sur Merlin : *Le Mythe de Merlin*, Robert Baudry, Terre de Brume, 2007 ; *Merlin, le veilleur du temps*, Marcel Brasseur, Errance, 2002 ; *Le Devin maudit*, sous la direct. de Daniel Walter, ELLUG, Université Stendhal Grenoble, 1999 ; *Merlin ou le savoir du monde*, Philippe Walter, Imago, 2000. *(Note de l'éditeur)*

Le secret des deux dragons

Il y a bien longtemps, régnait, sur l'Île de Bretagne qui ne s'appelait pas encore la Grande-Bretagne, le légendaire roi Lludd ; célèbre bâtisseur, il avait restauré les murailles de l'ancienne ville romaine Londinium, au bord de la Tamise, et l'avait entourée de tours innombrables. Bien qu'il possédât de nombreuses villes, c'était celle qu'il préférait et il y séjournait la majeure partie de l'année. C'est pourquoi on l'appela "Kaer Lludd", la "Ville de Llud", que nous connaissons aujourd'hui sous le nom de Londres.

Cependant, trois fléaux s'abattirent sur son royaume.

Le premier était dû aux "Corannyeit" ; ces nains, apparentés aux korrigans et kornandons armoricains, arrivaient à surprendre toutes les conversations, même les plus discrètes et les plus intimes, et à les déformer dangereusement.

Le troisième était un magicien qui endormait les gardes et s'emparait de toutes les réserves de nourriture et de boisson du royaume.

Mais le second fléau était bien plus terrible : c'était un grand cri qui se faisait entendre, chaque nuit de premier mai, au-dessus de tous les habitants de l'Île ; il traversait le cœur des humains et leur causait une telle frayeur qu'ils en perdaient leurs couleurs, leurs forces et même leur raison ; et les femmes, les animaux, les arbres, les terres et les eaux, tous étaient frappés de stérilité.

Suivant l'avis unanime de ses nobles, Lludd, décida de se rendre auprès de son frère Lleuelys, connu pour l'excellence de ses conseils et sa sagesse, afin de lui demander son avis.

– C'est un dragon *, déclara Lleuelys, qui pousse ce cri de fureur, quand un autre dragon, de race étrangère, se bat avec lui, et cherche à le vaincre. De retour chez toi, fais mesurer l'Île de Bretagne de long en large : à l'endroit où tu trouveras exactement son point central, fais creuser un trou et déposer dedans une cuve pleine du meilleur hydromel recouverte d'un tissu de soie

* Pour les Celtes, le dragon symbolisait les forces vitales ambivalentes de l'univers et il avait un grand pouvoir protecteur (il figure d'ailleurs sur l'actuel drapeau du Pays de Galles). Ce n'est que sous la poussée du christianisme qu'il est devenu une créature maléfique à abattre. *(Note de l'éditeur)*

brochée d'or. Monte toi-même la garde et observe bien ce qui se passera : tu verras les deux dragons se battre sous l'apparence d'animaux horribles. Puis ils s'élèveront dans le ciel sous la semblance de dragons, et, quand ils seront épuisés, à la suite d'un combat furieux, ils tomberont sur le tissu sous la forme de deux pourceaux ; ils s'enfonceront dedans et l'entraîneront avec eux jusqu'au fond de la cuve ; ils boiront tout l'hydromel et s'endormiront ensuite. Replie alors le tissu tout autour d'eux, fais-les enfermer dans un coffre de pierre et enterrer à l'endroit le plus sûr de ton royaume. Tant qu'ils y demeureront, aucune invasion de l'Île de Bretagne ne sera à craindre *.

Llud s'empressa de suivre les conseils de son frère : il fit mesurer de long en large l'Île de Bretagne et trouva son centre, à Oxford. En ce lieu, le roi fit creuser un trou et déposer dedans une cuve pleine d'hydromel, recouverte par un tissu. Puis il veilla en personne et vit les dragons se battre. Quand ils furent épuisés, ils descendirent sur le tissu et l'entraînèrent avec eux jusqu'au fond de la cuve. Après avoir fini de boire l'hydromel, ils s'endormirent. Profitant de leur sommeil, Llud replia le manteau autour d'eux, les enferma dans

* L'enterrement des deux dragons revient à neutraliser leur antagonisme : les forces rouges du Bien et les forces blanches du Mal. *(Note de l'éditeur)*

un coffre de pierre et les enterra à l'endroit qu'il pensa le plus sûr, dans le massif montagneux le plus élevé du Pays de Galles, à Dinas Emrys.

Ce fut ainsi que Llud débarrassa son royaume de ce terrible fléau *.

* Adaptation de "Le conte de Llud et Llevelys", traduit du moyen gallois par Pierre-Yves Lambert in *Les Quatre Branches du* Mabinogi *et autres contes gallois du Moyen Âge,* Gallimard, 1993. *(Note de l'éditeur)*

UN ENFANT PRODIGIEUX

Bien des années après l'enterrement de ces dragons, vécut une jeune princesse, fraîche comme la rosée du matin et belle comme l'aurore.

Un soir qu'elle se promenait dans les bois, elle entendit un oiseau chanter d'une voix plus douce que le murmure de l'eau, si harmonieuse qu'elle le suivit, tête baissée, loin, très loin…

Elle finit par tomber, épuisée de fatigue, et s'endormit sous un chêne. Elle rêva alors qu'elle se trouvait au milieu d'une fontaine, dans une grotte transparente et éblouissante ; un tapis de mousse parsemé de primevères recouvrait le sol : c'était la demeure d'un petit "duz", un génie des airs, mais il n'était pas là, et elle ne ressentit aucune crainte.

Soudain arriva à tire d'aile une tourterelle qui frappa de son bec les murs de cristal ; la jeune fille la fit entrer sans la moindre hésitation. En voletant, l'oiseau effleura tantôt son épaule, tantôt son front, tantôt son sein ; puis elle becqueta par trois fois son oreille avant de repartir dans le bois.

Lorsqu'elle se réveilla, la jeune fille eut la sensation que quelque prodige était advenu durant son sommeil mais, ne voyant personne, elle s'en retourna chez elle très troublée. En effet, neuf mois plus tard, elle mit au monde un bébé et se lamenta amèrement :

– Je ne sais comment cet enfant fut conçu dans mon sein car je n'ai jamais connu d'homme.

Mais à sa grande stupéfaction, le nouveau-né éclata de rire et lui dit :

– Cessez de pleurer, ma mère, je ne vous causerai aucun chagrin ; mon père n'est pas un noir démon des ténèbres mais un esprit des airs aussi lumineux que la lune ; grâce à lui, j'ai la connaissance de tout ce qui est caché et le don de prédire l'avenir ; et, comme lui, qui protège les pauvres gens, je ne suis né que pour être le bienfaiteur de mon pays.

– Voici un prodige s'il en fut jamais ! s'écria la jeune mère.

Et elle appela son enfant Marzin, ce qui veut dire "l'homme merveilleux" en breton ; il s'agit évidemment de celui que nous appelons Merlin en français *.

*Adaptation d'un extrait de *Myrdhin ou l'enchanteur Merlin,* par Hersart de La Villemarqué, 1862 ; cf. la nouvelle édition, Terre de Brume, 1989. Merlin vient de *Merlinus*, une forme latinisée du gallois Myrddin, un prophète et magicien mythique, très renommé dès le VIe siècle. *(Note de l'éditeur)*

...Ou une créature diabolique ?

Par la suite, toute magie étant fort mal considérée dans l'occident médiéval chrétien, le merveilleux engendrement de Merlin a été attribué à un démon :

Il arriva un jour que Notre Seigneur Jésus descendit aux enfers et en fit sortir Adam et Ève, ainsi que tous ceux qu'il voulait sauver. Le Diable entra dans une violente colère et convoqua le conseil de ses démons :

– Voilà, déclara-t-il, que le fils de Dieu nous enlève ceux dont nous nous étions emparés ; en plus, il nous ôte tout pouvoir sur les humains en les lavant de leurs péchés avec de l'eau bénite et en leur accordant son pardon jusqu'à l'heure de leur mort ; il nous complique vraiment la tâche ; pour le contrer, il faudrait que nous ayons sur terre une créature à nous, douée de notre connaissance du passé ; elle gagnerait ainsi la confiance des hommes et nous aiderait à les corrompre et à repeupler notre enfer...

– Je n'ai pas le pouvoir de féconder une femme, dit un des démons, mais j'en connais une qui fait tout ce que je veux.

– Je m'en charge, dit un autre, je peux prendre figure humaine et, sous cette forme, engendrer celui dont nous avons besoin *.

Le démon, qui tenait une femme en son pouvoir, s'empressa de la rejoindre ; c'était l'épouse d'un gentilhomme fort riche. Grâce à elle, le démon s'introduisit sur ses terres et massacra tous ses troupeaux ; puis il étrangla son fils et poussa sa complice à se passer une corde autour du cou et à se pendre. Le pauvre homme en éprouva une telle douleur qu'il tomba malade et mourut.

De toute cette famille prospère, il ne resta plus que trois jeunes filles. Le démon fit séduire l'une d'elles par un jeune homme qui lui était dévoué, si bien qu'elle fut enterrée vive à cause de son péché, comme l'exigeait alors la coutume.

Blaise, un prêtre du pays, vint consoler ses deux sœurs :

– Comment ces grands malheurs sont-ils arrivés ? leur demanda-t-il.

* Suivant une croyance très répandue au Moyen Âge, certains démons, appelés incubes (du latin "incubare" qui signifie "coucher sur"), pouvaient prendre une forme humaine afin de féconder des femmes pendant leur sommeil. *(Note de l'éditeur)*

– Nous n'en savons rien, Dieu nous a abandonnées !

– Mais non, c'est l'œuvre du diable, méfiez-vous bien de lui ; venez souvent me voir et je vous conseillerai de mon mieux.

Cependant, le démon envoya une femme de mauvaise vie auprès de la plus jeune des deux sœurs pour la débaucher ; elle ne tarda pas à se prostituer et à quitter la maison familiale.

Quant à l'aînée, elle mena longtemps une vie paisible et vertueuse car elle suivait les conseils de Blaise : ne jamais céder à la colère ni au désespoir, faire le signe de la croix avant de se lever et de se coucher et laisser toute la nuit une lumière allumée dans sa chambre, car le diable ne vient pas volontiers où il y a de la clarté…

Un soir, cependant, elle les négligea : en voyant arriver chez elle sa sœur dévoyée avec une bande de garçons, elle se mit en colère, d'autant plus qu'elle fut accusée par sa cadette d'aimer en secret le prêtre Blaise ; quand elle voulut jeter sa sœur dehors, elle fut alors rouée de coups par les vauriens qui l'accompagnaient. Elle se sentit si désespérée qu'elle oublia de se signer et se coucha toute habillée dans le noir sans la moindre veilleuse.

Revêtant une forme humaine, le démon, qui avait le pouvoir de s'unir aux femmes, vint aussitôt auprès d'elle et en abusa durant son sommeil.

– Que m'est-il arrivé ? s'écria-t-elle en se réveillant, je ne suis plus la même.

Réalisant bientôt qu'elle avait été séduite par le diable pendant la nuit, elle s'en confessa auprès de Blaise ; le prêtre lui ordonna pour pénitence de renoncer à tout jamais aux plaisirs de la chair et de mener une vie exemplaire.

Cependant, son ventre s'arrondit et elle ne put cacher bien longtemps le fruit qu'elle portait. Suivant la coutume de l'époque, elle fut convoquée au tribunal et condamnée à mort. Le prêtre Blaise intercéda en sa faveur :

– Ne livrez pas cette femme au supplice tant qu'elle est enceinte ; l'enfant qu'elle porte ne mérite pas la mort car il est innocent.

En attendant l'accouchement, elle fut donc enfermée dans une tour bien close sous la surveillance de deux sages-femmes. Quelques mois plus tard, elle donna naissance à un bébé tout velu et poilu, comme un ours.

– Cet enfant me fait peur, dit-elle en le voyant.

– À nous aussi, dirent les sages-femmes ; c'est à peine si nous osons le tenir dans nos bras !

– Faites-le baptiser au plus vite !

– Quel nom voulez-vous lui donner ?

– Celui de mon père : Merlin.

Après l'avoir laissée allaiter son enfant pendant dix-huit mois, il fut décidé que la mère de Merlin devait être exécutée.

– Mon fils, lui dit-elle, je vais mourir à cause de toi, et sans l'avoir mérité.

– Chère mère, répondit Merlin, ne crains rien, je ne serai en aucun cas responsable de ta mort. Tant que je vivrai, personne au monde n'osera te toucher.

Elle dut cependant marcher vers le bûcher avec son petit enfant dans les bras ; en arrivant devant le juge, il s'écria :

– Je connais mieux mon père que toi le tien, et ta mère sait mieux qui t'engendra que ne le sait la mienne !

Confondue par Merlin, la mère du juge finit par lui avouer qu'il n'était pas le fils de son père mais d'un prêtre…

– Tu as donc dis la vérité, dit le juge à Merlin ; mais ton père qui est-il ?

– Je suis le fils d'un démon qui a séduit ma mère à son insu. Il m'a donné la connaissance du passé, et Dieu celle de l'avenir , en récompense des vertus de ma mère et de sa piété ; en voici la preuve : dès qu'il apprendra que son secret a été découvert, le prêtre, qui t'a engendré, ira se noyer dans une rivière.

Cette prédiction se réalisa bientôt et la mère de Merlin fut innocentée.

La jeune femme se retira ensuite dans un monastère où elle vécut saintement tandis que son fils grandissait en paix auprès d'elle.

La tour croulante

Or, en ce temps-là, Vortigern * usurpa le trône de la “Grande Bretagne” et la livra traîtreusement aux Saxons. Ceux-ci se retournèrent finalement contre lui, et, ne sachant plus que faire, il interrogea ses magiciens qui lui donnèrent ce conseil :

– Allez jusqu'au fond de votre royaume, et faites-y bâtir une tour très solide qui vous servira de refuge.

S'étant mis en route avec ses magiciens afin de trouver un endroit propice, et ayant parcouru en vain beaucoup de contrées, le roi et sa suite arrivèrent finalement à Dinas Emrys, au pied du massif gallois montagneux le plus élevé.

* C'est-à-dire “Grand souverain” ; ce roi légendaire du Ve siècle est nommé Gwrtheyrn au Pays de Galles et Gurthiern, Gouziern ou Golujarn en Bretagne où il mourut et fut sanctifié. Plusieurs lieux-dits portent son nom en Groix, Hennebont, Kervignac et Seglien dans le Morbihan. *(Note de l'éditeur)*

– C’est ici qu’il faut bâtir votre tour, dirent les magiciens ; la position est imprenable.

Vortigern fit apporter une grande quantité de bois et de pierres puis il réunit une foule d’ouvriers. Mais lorsque la lune fut pleine, les matériaux se disjoignirent et l’édifice s’écroula. Les ouvriers se remirent au travail mais la tour s’effondra à la nouvelle pleine lune. Sept fois les travaux furent repris mais se trouvèrent à chaque fois détruits, comme engloutis par la terre…

– Quel mauvais génie s’oppose à mes desseins, et comment le conjurer ? demanda le roi à ses magiciens.

– En trouvant un enfant sans père, en le tuant et en arrosant avec son sang les fondations de la tour ; sans cela, vous ne parviendrez jamais à l’élever * !

Des messagers furent aussitôt envoyés dans tout le royaume à la recherche d’une telle créature. Ils arrivèrent finalement près d’un village où deux jeunes garçons jouaient à la balle. Une querelle s’éleva entre eux

– Merlin, fils sans père ! s’écria le plus âgé ; tu ne gagneras pas !

Les messagers appelèrent aussitôt l’enfant qui leur dit :

* Ce rite sanglant de fondation (sacrifice humain ou animal), très répandu dans le monde indo-européen, a un caractère universel. En Bretagne au XIXe siècle, on sacrifiait un coq. *(Note de l’éditeur)*

– Je suis celui que vous cherchez et dont vous devez rapporter le sang au roi Vortigern.

– Qui te l'a dit ? demandèrent les messagers stupéfaits.

– Si vous jurez de ne me faire aucun mal, j'irai avec vous et je dirai pourquoi la tour ne tient pas.

Les messagers s'y engagèrent et le jeune Merlin les suivit de son plein gré. Après une longue chevauchée, ils arrivèrent à Dinas Emrys et l'enfant s'avança hardiment vers Vortigern :

– Ô roi, par une étrange merveille, je suis né sans père. Mais il ne servirait à rien de répandre mon sang sur les fondations de la tour que vous voulez construire, elle s'effondrerait tout de même.

– Te crois-tu plus savant que mes magiciens ?

– Cela se pourrait ; demandez-leur donc ce qui se trouve sous la terre à l'endroit où vous voulez bâtir votre tour ; il y a certainement là quelque chose qui l'empêche de tenir debout.

Les magiciens restèrent muets. Alors Merlin ajouta :

– Seigneur roi, appelez vos ouvriers, ordonnez-leur de creuser la terre et vous trouverez dessous un étang.

On creusa et on découvrit sous la terre un grand lac qui rendait le terrain mouvant.

– Dites-moi, demanda Merlin aux magiciens, ce qui se trouve sous cet étang.

 Ne sachant que répondre, ils gardèrent le silence.

– Faites écouler l'eau en creusant de petits canaux et vous trouverez un grand coffre.

Le roi crut à ses paroles puisqu'il avait révélé la vérité à propos du lac ; il ordonna de vider ce lac et un coffre apparut au fond.

– Que renferme-t-il donc ? demanda l'enfant aux magiciens.

Ils ne surent que répondre.

– Je vous le dirai donc encore : dans ce coffre, il y a un tissu de soie brodée. Ouvrez-le et vous en jugerez.

Le roi ordonna qu'on ouvrît le coffre et on trouva la soie brodée en son milieu.

– Qu'y a-t-il dedans ? demanda-t-il.

Comme les magiciens ne le savaient pas, Merlin dit :

– Il y a deux dragons : l'un est rouge et l'autre blanc. Ils ont été emprisonnés là jadis afin de protéger l'Île de Bretagne contre toute invasion.

Quand on déploya le tissu, on découvrit deux dragons endormis mais ils ne tardèrent pas à s'éveiller et à se jeter l'un contre l'autre, en se déchirant horriblement des dents et des griffes. La bataille dura tout le jour, toute la nuit et le lendemain jusqu'à l'heure de midi. Longtemps le rouge eut le dessous mais, réunissant toutes ses forces, il réussit finalement à chasser le blanc à travers le lac. Quand les deux dragons eurent disparu, Merlin déclara à Vortigern :

– Vous pouvez maintenant construire votre tour.

Cette fois, en effet, elle ne s'écroula pas. Toute l'assistance fut émerveillée par la précocité et la sagacité de ce jeune garçon, à commencer par Vortigern.

– Que signifie la lutte de ces deux dragons ? demanda-t-il.

– Nous n'en savons rien, répondirent les magiciens.

– Eh bien, dit Merlin, c'est un mystère qui m'a été révélé, et je vais vous l'expliquer ! Le dragon blanc représente les Saxons et vous-même, tandis que le rouge figure les Bretons ainsi que Aurèle et Uther, les fils du roi dont vous avez usurpé le trône. Tremblez, misérable traître, car aujourd'hui même, ils quittent les côtes de la Petite Bretagne où ils avaient été contraints de s'exiler. Ils arriveront demain avec des troupes et mettront le feu à votre tour.

À ces mots, Vortigern fut effrayé et envoya une armée au port où ils devaient débarquer. Mais les soldats reconnurent Aurèle, l'aîné, comme leur roi légitime et Vortigern n'eut que le temps de se retrancher dans sa tour. Elle était si solide que les assaillants ne purent ébranler ses murailles. Ils y mirent alors le feu et Vortigern périt dans l'incendie *.

* D'autres disent que Vortigern parvint à s'enfuir, à passer la mer, à trouver refuge dans l'île de Groix et qu'il fut même le fondateur de Quimperlé… *(Note de l'éditeur)*

Le maître de la forêt

– Merlin, Merlin, où allez-vous si matin avec votre chien noir ?
– Iou ! iou ! ou ! iou ! iou ! ou ! iou ! ou ! iou ! ou ! Iou ! iou ! ou ! iou ! ou !
– Je viens chercher le moyen de trouver, par ici, l'œuf rouge,
L'œuf rouge du serpent marin, au bord du rivage, dans le creux du rocher.
Je vais chercher dans la prairie le cresson vert et l'herbe d'or,
Et le guy du chêne, dans le bois, au bord de la fontaine. *

Quant à Merlin, il se retira dans les profondeurs de la vaste forêt de Brocéliande qui recouvrait alors une grande partie de la Petite Bretagne. C'était la forêt la plus agréable du monde, pleine de gibier, de cerfs, de biches, de daims et de sangliers à foison, mais aussi de périls, d'aventures et d'enchantements **.

* Extrait de Hersart de La Villemarqué, *Barzaz Breiz,* 1867, rééd. Librairie Académique Perrin, 1963. *(Note de l'éditeur)*

** Il s'agit de l'actuelle forêt de Paimpont (en Ille-et-Vilaine, à l'ouest de Rennes) qui est un vestige de l'antique Brocéliande. *(Note de l'éditeur)*

Il eut pour toit un grand pin toujours vert ; pour nourriture, des plantes, des racines et des baies ; pour boisson, l'eau d'une claire fontaine ; et pour compagnie, des bêtes sauvages. Les cerfs se laissaient mener et chevaucher par lui *, les loups, les ours et les sangliers lui obéissaient et le suivaient partout où il allait ; il connaissait tous leurs langages et savait se faire comprendre d'eux.

Même les serpents acceptaient parfois de lui offrir l'œuf issu de leurs étreintes, qu'ils gardaient pourtant jalousement tant il était précieux ; ce merveilleux talisman protégeait, en effet, des mauvais esprits et assurait le succès de toutes les entreprises, notamment les procès... **

Merlin vivait donc en parfaite harmonie avec la nature, dans la forêt où toutes les forces magiques ont gardé leur puissance : les pierres, les sources et les arbres, dont il connaissait les pouvoirs.

* Le cerf ("garo" en breton), dont les bois tombent en automne mais repoussent au printemps, est en relation avec le culte des morts ; symbolisant l'espoir d'une vie éternelle, il est l'un des animaux conducteurs des âmes dans l'au-delà ; les nombreuses ramures de cervidés trouvées dans des tombes préhistoriques (5000 à 3000 av. J.-C.) en témoignent (notamment celles de l'île de Hoëdic et de l'îlot de Teviec dans le Morbihan). Les saints bretons Edern et Theleau sont également associés à des cerfs (cf. Anatole Le Braz, *La Légende des Saints bretons,* Terre de Brume, 1997. *(Note de l'éditeur)*

** Il s'agit probablement de l'oursin fossile retrouvé dans de nombreuses tombes celtiques de l'Âge de Fer. *(Note de l'éditeur)*

Suivant le rythme des lunaisons, il cueillait les plantes dont il connaissait les vertus magiques et médicinales : la verveine, le cresson vert, l'herbe d'or * et le gui du chêne qui guérit toutes les maladies…

Sans relâche, il observait le vol des oiseaux, les mouvements des astres et des étoiles, où il lisait l'avenir, et ses prophéties étaient très écoutées.

Il préférait cette vie libre et sauvage à celle de la cour royale avec son luxe et ses intrigues…

À son gré, il pouvait revêtir diverses apparences :

Cerf le matin,
Loup à midi,
Chêne le soir…

* L'herbe d'or ou selago (du grec "selagein" qui signifie "briller" ; en breton "aour-yeoten"). De loin elle brille comme l'or mais, dès qu'on s'en approche, elle cesse de luire. Celui qui parvient tout de même à la trouver pourra devenir invisible à volonté, découvrira des trésors, sera toujours en bonne santé et comprendra le langage des animaux. *(Note de l'éditeur)*

Sous diverses apparences

Cependant, après leur victoire contre l'usurpateur Vortigern, le roi Aurèle et son frère Uther eurent bien des difficultés à chasser les Saxons de leurs terres.

– Vous devriez faire appel à Merlin, leur conseilla-t-on, c'est le plus sage devin au monde.

Apprenant qu'il s'était retiré dans la forêt de Brocéliande, les deux frères l'y firent rechercher. Au bout de trois jours, leurs messagers rencontrèrent un bûcheron à la barbe si longue, aux cheveux si hirsutes, si peu vêtu et à l'aspect si farouche, qu'ils le prirent pour un homme sauvage.

– Ah ! Ah ! mes seigneurs, s'écria-t-il, je sais bien qui vous cherchez, c'est le devin Merlin ! Mais vous vous y prenez mal !

– Vous savez donc où il est ?

– Bien sûr, je l'ai vu, mais, même si vous le trouvez, il n'acceptera pas de vous suivre ; c'est le roi en personne qui doit venir le quérir.

En achevant ces mots, le bûcheron s'enfonça dans les bois et les messagers retournèrent à la cour.

Aurèle se mit aussitôt en quête de Merlin et, à l'endroit même où ses hommes avaient rencontré le bûcheron, il trouva un vieil homme bossu qui tenait une massue à la main et menait un grand troupeau de cerfs, biches et faons.

– Ô roi Aurèle, dit-il, je sais qui vous cherchez : c'est Merlin et il n'est pas loin d'ici ; demandez de ses nouvelles au premier mendiant que vous croiserez.

Le roi en rencontra bientôt un sur sa route :

– Savez-vous où se trouve Merlin ?

– Vous venez de lui parler ! C'était lui qui gardait le troupeau de cervidés ! C'était lui aussi le bûcheron que vos hommes ont rencontré l'autre jour…

Et il tira le roi par son manteau à l'écart dans le bois. Aurèle vit alors devant lui un bel enfant semblable à celui qui avait résolu l'énigme des deux dragons.

– Je suis Merlin, déclara-t-il.

– Je vous en prie, acceptez de me suivre à la cour et de m'aider à repousser les envahisseurs qui arrivent.

– Je vous donnerai volontiers quelques conseils, mais je ne pourrai demeurer bien longtemps à la cour, ma chère forêt me manquerait trop ; je vous promets cependant d'accourir dès que vous aurez besoin de moi. Les Saxons ont deux fois plus de soldats que vous et il faudra faire appel à la ruse : laissez-les s'avancer sans crainte dans les terres, à travers la plaine de Salisbury, tandis que vous leur tendrez une embuscade et les attaquerez à revers. Ainsi vous serez vainqueur !

Grâce au stratagème de Merlin, la victoire fut remportée mais nombreux furent les Bretons qui perdirent la vie au cours de cette bataille.

Le cercle des Géants

Le roi Aurèle voulut alors édifier un monument à la mémoire de ces guerriers morts pour leur pays ; il convoqua de nombreux architectes mais aucun d'eux ne se montra suffisamment inspiré. Le roi fit donc chercher Merlin près de sa fontaine dans les bois :

– Si vous désirez vraiment honorer vos hommes par un ouvrage défiant les siècles, déclara Merlin, vous devez aller chercher en Irlande, au sommet du mont Kildare, les immenses pierres levées, que l'on appelle le "Cercle des Géants".

– Quelle idée, dit en riant le roi, de faire venir des pierres de cette taille d'aussi loin ! Comme s'il n'y en avait pas assez sur notre île !

– Ne riez pas, seigneur, ces pierres-là sont magiques et ont la vertu de guérir de bien des maladies. L'eau que le ciel verse dans leurs cavités referme les blessures et soigne les yeux malades. Jadis, des géants venus du fond de l'Afrique les ont apportées en Irlande et rangées en cercle comme dans leur pays.

Une flotte de navires, avec à leur bord quinze mille hommes, et, à leur tête, Uther et Merlin, mit sans tarder à la voile en direction de l'Irlande. Mais ses habitants les attendaient de pied ferme, bien décidés à ne pas laisser prendre la plus petite pierre de leur "Cercle des Géants". Cependant, les Bretons se battirent si vaillamment qu'ils mirent en fuite les Irlandais et gagnèrent la montagne où se dressait le fameux monument. Mais, en le voyant, ils furent pétrifiés d'étonnement tant il était colossal.

– Allons ! Allons ! mettez-vous vite au travail, s'écria Merlin. Unissez vos forces et faites surtout preuve d'intelligence…

Mais les Bretons eurent beau s'échiner, redoubler d'efforts, pas une pierre ne bougea. Lorsque la lune parut dans le ciel, les travailleurs étaient épuisés et découragés. Merlin entra alors dans le "Cercle des Géants", monta sur la table de pierre, dressée en son milieu, et chanta une incantation appelée l'"Enchantement des pierres précieuses" *.

Entraînés par cette mélodie, les énormes blocs de pierre s'arrachèrent de la terre et s'avancèrent en

* Le pouvoir de Merlin sur les pierres résulte d'un culte celtique demeuré très vivant au Moyen Âge malgré la christianisation. *(Note de l'éditeur)*

cadence vers le rivage en une longue spirale. Enchantés par Merlin, ils continuèrent leur farandole au-dessus de la mer et allèrent se placer, dans le même ordre qu'en Irlande, dans la plaine de Salisbury, au sud de la Grande Bretagne.

Ainsi, dit la légende, fut érigé le fameux cercle de pierres de Stonehenge *.

* Construit, il y a plus de 4000 ans par des peuples préhistoriques, ce mégalithe, devenu célèbre dans le monde entier, ne cesse de fasciner et d'être l'objet de nombreuses recherches ; était-il un lieu de culte pour honorer les morts, un observatoire astronomique ? Il n'a pas encore livré tous ses secrets et demeure un centre de ralliement de divers groupes néo-païens… En tout cas, le cercle intérieur de Stonehenge est formé par des pierres aux reflets bleutés quand elles sont mouillées (plus petites que celles du cercle extérieur mais pesant tout de même quatre tonnes chacune), qui proviennent des collines de Prescelly (au sud-ouest du Pays de Galles), situées à environ 350 km de la plaine de Salisbury. *(Note de l'éditeur)*

La triple mort

L'enchanteur Merlin avait tant gagné la confiance du roi Aurèle et de son frère Uther qu'il provoqua la jalousie de l'un de leurs barons.

– Je crains, dit ce dernier au roi, que ce Merlin ne soit qu'un imposteur ; si vous m'y autorisez, je vais le démasquer en prouvant qu'il ne connaît pas l'avenir.

Aurèle donna son accord et le baron mit au défi l'enchanteur de lui prédire sa mort.

– Vous aurez le cou brisé, s'empressa de répondre Merlin.

Après s'être si bien déguisé qu'il était méconnaissable, le baron se présenta à nouveau devant le devin :

– Quel sera la cause de ma mort ?

– Vous serez pendu.

La troisième fois, le baron se travestit en femme et posa la même question :

– Vous qui prétendez être une femme, vous vous noierez.

Quand le roi et sa cour surent que Merlin avait prédit trois morts * différentes pour une même personne, ils se mirent tous à douter de lui.

Mais, quelque temps plus tard, alors qu'il chevauchait avec une escorte, ce baron jaloux arriva au bord d'une rivière enjambée par un pont. En la traversant, son cheval trébucha et le désarçonna. En tombant, il se brisa le cou et se retrouva suspendu par ses habits au pieu de l'un des piliers du pont avec la tête et les épaules plongées dans l'eau, ce qui le noya.

– Merlin a vu juste, déclara le roi ; bien fou celui qui douterait de ses paroles : elles ne sont que trop vraies. il n'existe aucun homme plus sage que lui !

Désormais, les prédictions de Merlin furent écoutées avec tant de respect qu'elles furent même consignées par écrit. Ce fut ainsi que commença l'écriture du célèbre *Livre des Prophéties* de Merlin où il annonce les destinées des royaumes celtiques et redonne l'espoir en des jours meilleurs malgré les défaites.

* D'origine indo-européenne, ce thème de la triple mort a été abondamment repris au Moyen-Âge, notamment dans la *Vie de Merlin* de Geoffrey de Monmouth, 1148-1155. (*Note de l'éditeur)*

L'ÉTRANGE COMÈTE

Cependant, Aurèle continua de tenir en respect les envahisseurs ; mais alors qu'il menait une expédition contre eux, un Saxon, déguisé en serviteur, réussit à s'introduire un soir dans sa tente ; il versa un poison violent dans la coupe du roi qui envahit son corps et le plongea dans un sommeil mortel.

Cette nuit-là apparut dans le ciel une comète d'une taille et d'un éclat prodigieux qui embrasa le ciel. Elle ressemblait à un dragon et, de sa gueule sortait une langue rouge à deux fourches, dont l'une s'agitait vers le nord, l'autre vers l'est. Tous se demandèrent avec effroi ce que cela présageait *.

En l'absence du roi, son frère Uther consulta tous les sages du pays ; mais aucun ne put lui répondre. Alors il

* Depuis les temps les plus anciens, l'apparition d'une comète a suscité la frayeur et a été interprétée comme l'annonce de la mort d'un personnage important ou d'une catastrophe. *(Note de l'éditeur)*

songea à Merlin, qui s'était retiré dans les profondeurs de sa forêt. Ayant si bien expliqué la lutte du dragon rouge et du dragon blanc, le devin ne pouvait manquer de savoir ce que signifiait ce nouvel animal fantastique. Il fut donc mandé à la cour.

– Que présage ce signe ? lui demanda Uther.

– Seigneur, dit en pleurant Merlin, votre frère vient de mourir, vous devez monter sur le trône et rétablir la paix dans l'Île de Bretagne. C'est vous que figure ce dragon de feu. Le premier rayon allant vers la Gaule représente le fils qui doit naître de vous, Arthur : il sera grand par ses exploits, et non moins grand par sa puissance. Le second rayon, dirigé vers la mer d'Irlande, figure votre fille dont les descendants régneront sur tous les Bretons *.

Merlin fit alors fabriquer pour Uther une bannière flamboyante, ornée d'un dragon, qu'il pourrait brandir à la tête de son armée ; il fut donc couronné sous le nom de Pendragon, c'est-à-dire "Tête de Dragon". Afin de venger son frère, il ne tarda pas à se lancer à la poursuite des Saxons et les obligea à quitter le pays.

* Il s'agit d'Anna, la sœur d'Arthur, qui, initiée par l'enchanteur Merlin, deviendra la fée Morgane, reine de l'île d'Avallon. *(Note de l'éditeur)*

La Table Ronde

La prouesse de chacun sera la salut de tous.

Quand le roi victorieux revint à la cour, Merlin lui fit porter une splendide table ronde, un grand cercle de pierre :

– Cette table sphérique comme la voûte céleste a été construite, lui dit-il, suivant le mouvement des astres, et elle tourne comme le monde ; autour d'elle, il n'y aura ni premier ni dernier, tous seront égaux et s'engageront à accomplir de grands exploits, à défendre les faibles, à se montrer courageux, loyaux et généreux. Tous jureront de rester unis et de défendre le pays sous votre bannière. La prouesse de chacun sera le salut de tous. Ils n'auront qu'un seul cœur et seule la mort pourra les séparer.

De plus, cette merveilleuse table a le pouvoir de choisir ceux qui sont dignes d'y siéger. Sur chacun de ses sièges s'inscrira, en lettres d'or, le nom de celui qui pourra s'y asseoir ; un seul ne sera pas attribué en attendant le chevalier qui surpassera tous les autres ; malheur à celui qui oserait s'y installer sans y avoir été invité !

– Verrai-je la table complète ? demanda le roi.

– Sire, répondit Merlin, en votre temps, cela n'arrivera pas car celui qui en sera digne n'est pas encore conçu !

Uther Pendragon organisa une grande fête autour de la Table Ronde * tandis que Merlin retournait dans la forêt. Voyant que son nom ne figurait sur aucun siège, le roi de Carlisle se sentit fort humilié et s'écria :

- Vous croyez tout ce que raconte ce prétendu devin mais je vous annonce qu'il vient d'être tué comme un simple gibier dans sa chère forêt sans même l'avoir prévu ! Pourquoi ne pourrais-je m'asseoir sur ce siège vide ? Vous allez voir comme il est dangereux, déclara-t-il en s'avançant la tête haute.

Mais à peine y eut-il pris place que la pierre se fendit, l'engloutit comme un poids de plomb et qu'il disparut corps et biens. Nul ne sut jamais ce qu'il était devenu.

Merlin fit alors irruption dans la grande salle et dit au roi :

* Au XIVe siècle le roi d'Angleterre fonda un Ordre de la Table Ronde regroupant les chevaliers britanniques ; il existe toujours sous le nom d'"Ordre de la Jarretière". (*Note de l'éditeur)*

– Tel qui croit tromper autrui se dupe souvent lui-même ! Ce fauteuil sera désormais appelé le “siège périlleux” et nul ne sera assez hardi pour s’en emparer sans en être digne…

Cependant, les meilleurs chevaliers de Grande et Petite Bretagne prirent bientôt place autour de la Table Ronde et brandirent au-dessus leurs épées en jurant de changer le mal en bien. Grâce à eux, le royaume connut pour un temps la prospérité et la paix.

Une conception magique

Comme chaque année, lors des fêtes de la Pentecôte, Uther Pendragon convia tous ses chevaliers ainsi que leurs dames à de grandes réjouissances. À cette occasion, il rencontra Ygerne, la plus belle des femmes de la Grande Bretagne et s'enflamma d'amour pour elle. Son époux, Gorlois, duc de Cornouailles, en prit ombrage et quitta immédiatement la cour avec elle sans même prendre congé du roi ; il la mit en sûreté dans son château de Tintagel ; bâti sur un éperon rocheux, il surplombait la mer, qui l'encerclait de tous côtés, et il n'était accessible que par un étroit défilé *.

* Le château médiéval (en ruines actuellement) de Tintagel est situé sur la côte nord de la Cornouailles anglaise. Des fouilles récentes ont exhumé une importante habitation celtique datant du Ve siècle. Selon le folklore local, cette forteresse disparaissait mystérieusement deux fois par an (probablement aux solstices d'hiver et d'été), ce qui évoque le motif récurrent dans les légendes arthuriennes du château tournoyant, pivotant en spirale sur son axe, et dont nul ne peut trouver l'entrée après le coucher du soleil. *(Note de l'éditeur)*

Après quoi, Gorlois se retrancha avec ses troupes dans une autre de ses forteresses, au sud de Tintagel, que le roi assiégea en vain durant des semaines.

Désespéré de voir Ygerne lui échapper, Uther Pendragon se trouva en proie au tourment amoureux et perdit le manger, le boire et le sommeil.

– Pourquoi Merlin ne vient-il pas ? Sans son aide, je mourrai d'amour… se disait-il.

Aussitôt l'enchanteur, qui lisait dans les cœurs, parut devant lui.

– Je consens, lui dit-il, à assouvir votre désir à condition que vous promettiez de m'accorder un don.

– Il n'est rien au monde, s'exclama Uther, que je puisse vous refuser, je le jure !

Merlin chevaucha alors avec lui en grand secret vers Tintagel. Peu avant d'arriver au château, l'enchanteur descendit de sa monture, cueillit des herbes et les donna au roi en lui disant de s'en frotter le visage et les mains. Aussitôt, Uther prit l'apparence du duc de Cornouailles. Les gardes lui ouvrirent sans hésiter les portes de la forteresse ; se réjouissant du retour de son époux, Ygerne l'accueillit à bras ouverts.

Au petit matin, le faux duc s'en alla comme il était venu. En chemin, il rencontra Merlin qui le fit se laver dans une rivière afin de reprendre son apparence.

– Sire, lui dit l'enchanteur, je vous ai donné ce que

 je vous avais promis ; à vous maintenant de tenir votre

serment : le don que je désire, c'est le fruit de vos amours avec la belle Ygerne, le fils que vous avez engendré en son sein.

– Dès qu'il sera né, il vous appartiendra, je le jure !

De retour au campement, Merlin et Uther apprirent que le duc de Cornouailles avait tenté la nuit même une sortie avec ses hommes et qu'il avait été occis par ceux du roi. Ce dernier fit la paix avec les troupes du duc de Cornouailles et demanda la main de sa veuve suivant la coutume. Ygerne accepta et lui avoua qu'elle était enceinte d'un homme ressemblant à son époux qui l'avait prise dans ses bras alors qu'il était déjà mort. Lorsqu'elle mit au monde son enfant, Uther la persuada de le donner à son fidèle conseiller. En se penchant sur le nouveau-né, Merlin fit cette prédiction :

– Il se nommera Arthur et sera le plus vaillant et le plus célèbre de tous les rois d'Occident mais la fin de ses jours demeurera entourée de mystères...

Après quoi, il l'emporta et le confia à l'un des meilleurs chevaliers du royaume, Antor, qui l'éleva avec son fils Keu *.

* Sous le nom de Ké, il est vénéré comme un saint dans les paroisses bretonnes de Saint-Quay-Portrieux, Plogoff, Saint-Quay-Perros et Cléder. Suivant une tradition, il serait devenu, après la disparition du roi Arthur, évêque en Grande-Bretagne puis à Plogoff, en Armorique et il serait mort à Cléder dans le Léon en octobre 495. (*Note de l'éditeur)*

Au bout d'une quinzaine d'années, des traîtres ayant versé du poison dans la source où il avait coutume de s'abreuver, Uther Pendragon tomba gravement malade et une armée étrangère en profita pour envahir le nord du pays.

– Merlin, mon bon conseiller, où êtes-vous donc passé ? se lamenta le roi. Pourquoi ne venez-vous pas m'assister alors que je suis en grand danger ?

– Me voici, dit l'enchanteur, faites porter votre litière sur le champ de bataille ; vous devez vous montrer en personne et ainsi vous remporterez la victoire car elle viendra du cœur et non du bras !

Uther Pendragon suivit ce conseil et quand ils le virent arriver ainsi, ses ennemis se mirent à rire :

– Quel est ce roi qui guerroie du fond de son lit de mort ?

– Mieux vaut mourir avec honneur que vivre dans la honte, répondit-il.

Merlin fit boire au roi un breuvage magique qui lui redonna des forces. À la tête de ses soldats, il se lança si vaillamment sur les envahisseurs qu'il les mit en déroute. Exténué par ce dernier combat, il se recoucha et Merlin vint à son chevet :

– Vous pouvez partir en paix, lui dit-il, votre fils Arthur, que j'ai fait élever en secret, vous succédera et donnera toute sa gloire à la confrérie de la Table Ronde.

Trois jours plus tard, Uther Pendragon rendit l'âme et fut enseveli avec tous les honneurs dus à un roi tandis que la belle Ygerne menait grand deuil.

Le fourreau de pierre

Comme il n'avait pas d'héritier connu, tous les grands seigneurs convoitèrent le trône et se livrèrent de violents combats. Se sentant désemparés, ils demandèrent conseil à Merlin.

– Réunissez-vous pour la célébration de Noël dans la plus grande église de Londres. Un prodige extraordinaire se produira alors et vous départagera....

En sortant de la messe de minuit, les nobles du royaume eurent la surprise de découvrir, sur le parvis, une grande pierre carrée, lisse comme du marbre. Par enchantement, Merlin avait enfoncé dedans la lame d'une épée jusqu'à la garde :

Celui qui me retirera de cette pierre
roi des deux Bretagne deviendra.

Telle était l'inscription en lettres dorées que l'enchanteur lut à haute voix.

À tour de rôle, tous les seigneurs et chevaliers tentèrent leur chance, mais, malgré des efforts acharnés, nul ne réussit à l'ébranler.

– L'élu n'est pas encore là, déclara Merlin. Je vous propose d'organiser un grand tournoi, le jour de l'An, afin de lui laisser le temps d'arriver.

Keu, le fils d'Antor, qui venait d'être armé chevalier, s'y inscrivit ; Arthur, son frère de lait, qui était plus jeune, devait lui servir d'écuyer. Avant le début de la joute, Keu demanda à Arthur d'aller lui chercher son épée. Mais il ne la trouva pas, et, en revenant bredouille, le jeune homme passa devant la pierre et retira l'épée fichée dedans aussi facilement qu'une flèche d'un carquois ; il la dissimula sous son manteau et la donna à son frère en lui disant :

– Je n'ai pu trouver ton épée, mais voici celle de la pierre.

Keu s'en alla trouver son père Antor et lui annonça fièrement qu'il serait le roi ; mais Antor ne le crut guère et lui fit bientôt avouer la vérité.

– Arthur, lui dit Antor, tu dois remettre cette épée où tu l'as prise.

Le jeune homme la replongea dans la pierre aussi facilement qu'il l'en avait retirée. Tout le monde accourut pour voir ce prodige. Les seigneurs réclamèrent le droit d'essayer à nouveau, mais aucun n'y parvint, excepté Arthur.

- Comment se fait-il qu'un garçon aussi jeune, qui n'est même pas chevalier, devienne notre roi ? protestèrent les nobles du pays.

– Arthur, déclara Merlin, n'est pas le fils d'Antor, mais celui du roi Uther Pendragon. Seul, il a été capable de sortir l'épée de souveraineté de son fourreau de pierre. Le royaume lui revient de droit !

La grande pierre disparut aussi mystérieusement qu'elle était apparue et Arthur fut armé chevalier et sacré roi de la Petite et de la Grande Bretagne.

De surnaturels combats

Cependant, quelques seigneurs refusèrent de reconnaître Arthur comme leur souverain et se révoltèrent contre lui.

– Je vous en prie Merlin, conseillez-moi comme vous l'avez fait pour mon père, lui dit le roi qui se sentait en grand péril.

– Vous n'avez rien à craindre d'eux, lui répondit l'enchanteur.

Et il lui donna une bannière encore plus admirable que celle d'Uther, car le nouveau dragon avait la queue encore plus longue et plus tordue que l'autre et il semblait vivant; il était plus léger, plus facile à manier, et il crachait des flammes par son énorme gueule.

En voyant cette enseigne levée dans les airs par Merlin, les assaillants furent éblouis et effrayés. Montant avec elle au sommet de la plus haute tour du château, l'enchanteur proféra une incantation et fit pleuvoir le feu du ciel sur les assiégeants affolés qui ne surent plus où se réfugier.

– Hâte-toi de les poursuivre ! s'écria Merlin.

Prenant la tête de ses fidèles compagnons, Arthur s'élança et chargea si vivement que les félons prirent la fuite. Cependant, tandis qu'ils guerroyaient ainsi contre Arthur, des Saxons en avaient profité pour envahir leurs terres.

– Montrez-vous généreux, sire, dit Merlin, rendez-leur le bien pour le mal et portez-vous à leur secours, je vous aiderai.

En effet, du plus loin qu'il aperçut le campement des Saxons, l'enchanteur déchaîna une telle tempête que leurs tentes furent soulevées par les tourbillons d'un vent furieux et retombèrent sur les ennemis en les écrasant tous. Les barons rebelles reconnurent alors Arthur pour leur roi légitime, lui rendirent hommage et ne se soulevèrent plus jamais contre lui.

La plus belle des reines

Quelque temps après, Arthur reçut de Petite Bretagne un message du roi Léodagan qui demandait de l'aide car son château était assiégé par son voisin, le redoutable Claudas de la Terre Déserte. Arthur s'en fut demander conseil à Merlin :

– Mettez-vous sans tarder au service de cette juste cause ; grand honneur et grand bien vous en adviendront. Mais demandez d'abord l'aide de vos fidèles vassaux armoricains, Ban de Benoïc et Bohor de Gaunes *, afin de lever une puissante armée capable de vous prêter main forte.

L'enchanteur s'embarqua avec Arthur et ses guerriers ; ils passèrent la mer, obtinrent sans difficulté le

* Le royaume de Benoïc correspond peut-être à la région de Saint-Brieuc et celui de Gaunes, au Pays de Vannes. *(Note de l'éditeur)*

soutien de ces vassaux et se rendirent à la forteresse assiégée de Léodagan. À la tête des troupes marchait Merlin, portant la bannière au dragon qui jetait feu et flamme par son énorme gueule et dont les yeux lançaient des éclairs. Les assaillants terrifiés prirent bientôt la fuite.

Cependant, du haut des remparts, la fille du roi Léodagan, la belle Guenièvre *, plus blanche que l'ivoire, avait remarqué la vaillance d'Arthur :

– Bienheureuse sera la dame à laquelle un tel chevalier donnera son amour, se dit-elle.

Lors du festin organisé par Léodagan afin de remercier les chevaliers qui l'avaient aidé, Arthur fut si troublé par la beauté radieuse de Guenièvre qu'il resta en extase devant elle, comme paralysé, lorsqu'elle s'agenouilla devant lui en lui offrant une coupe de vin… Leurs regards se rencontrèrent et ils furent si troublés que la jeune fille oublia de se relever tandis qu'Arthur oubliait de boire… Puis il l'invita à s'asseoir auprès de lui et, à la fin du repas, il demanda à son fidèle conseiller :

– Guenièvre surpasse en beauté et en sagesse toutes

* Le nom de l'épouse légendaire du roi Arthur est issu du gallois Gwenhwyfar qui signifie "blanc fantôme". À l'origine, elle personnifiait la souveraineté celtique et pouvait être infidèle au roi avec les hommes les plus susceptibles de défendre le royaume *(Note de l'éditeur)*

les femmes du monde et je souhaiterais vivement l'épouser, m'approuvez-vous ?

– Vous avez certes besoin d'une reine mais celle-ci vous trahira avec l'un de vos meilleurs chevaliers et entraînera la chute de votre royaume *.

– Jamais je ne pourrai aimer nulle autre que Guenièvre, rétorqua Arthur. Un choix dicté par le cœur ne peut être que bon…

– L'avenir n'est hélas pas dépourvu de nuages…

Malgré les avertissements de Merlin, Arthur s'empressa de demander la main de sa fille à Léodagan qui la lui accorda avec joie tant il avait d'estime pour ce chevalier hors pair.

* Cf. *Petites histoires de Lancelot du Lac,* éd. Terre de Brume, 2007. *(Note de l'éditeur)*

Le Jardin de joie

Quant à l'enchanteur, il retourna dans la forêt de Brocéliande, qui était la plus agréable du monde. Un jour qu'il cheminait de bon matin, il aperçut une jeune fille plus belle que le cygne au plumage de neige et dont les yeux brillaient comme des émeraudes. Elle était assise sur une grande pierre plate auprès d'une claire fontaine aux graviers luisant comme de l'argent *.

– Qui êtes-vous demoiselle ? lui demanda-t-il, émerveillé par sa beauté.

– Je suis Viviane, la fille du seigneur de Comper **,

* Il s'agit de la fameuse fontaine de Barenton, située dans la forêt mythique de Brocéliande (l'actuelle forêt de Paimpont). La pierre sur laquelle est assise la jeune fille sera appelée par la suite le “Perron de Merlin”. Il suffisait, disait-on, de verser dessus quelques gouttes de son eau pour déclencher un violent orage. *(Note de l'éditeur)*

** En ce lieu (situé dans la forêt de Paimpont), au bord d'un étang, furent construits et détruits plusieurs châteaux au cours des

et vous ?

– Un étudiant qui va retrouver son maître.

– Que vous a-t-il donc enseigné ?

– À soulever un château dans les airs, à faire jaillir une source, à marcher sur l'eau sans s'y enfoncer ni même se mouiller les pieds...

– Je donnerais beaucoup pour pouvoir en faire autant !

– Ce ne sont là que des jeux d'enfants.

– Je voudrais bien les connaître et, en échange, je vous offrirai mon amitié.

– Je l'accepte bien volontiers.

Merlin s'éloigna de quelques pas et traça sur la bruyère un cercle avec son bâton de noisetier. Puis il revint auprès de Viviane et s'assit à ses côtés.

Au même instant sortit de la forêt une foule de chevaliers, de dames et de demoiselles, précédée de nombreux musiciens joueurs. Ils se dirigèrent vers le cercle tracé par l'enchanteur, entrèrent dedans et se mirent à chanter et danser gaiement. Et un superbe château, entouré d'un jardin rempli de fleurs et de fruits, apparut. La fête dura du matin jusqu'au soir, pour le plus grand plaisir de Viviane, puis tout disparut.

âges. Le dernier en date (1860) abrite actuellement le Centre de l'Imaginaire Arthurien fort bien documenté (www.centre-arthurien-broceliande.com). *(Note de l'éditeur)*

– Je voudrais tant, dit-elle, que ce "Jardin de Joie" * ne soit jamais détruit et que nous y vivions toujours ensemble sans cesser de nous aimer.

– Il en sera ainsi, dit Merlin, en faisant reparaître le merveilleux verger planté de pommiers, un vrai paradis terrestre, où il retrouva désormais Viviane dès qu'il le put. Pour l'heure, ajouta-t-il, je dois m'en aller car j'ai fort à faire à la cour du roi Arthur.

– Et les enchantements que vous deviez m'apprendre ?

– Belle demoiselle, accordez-moi d'abord votre amour.

– J'y consens mais, en échange, promettez-moi de m'enseigner tout ce que je voudrai.

– Vous avez ma parole ; adieu, ma douce amie, je reviendrai dès que possible…

Et Merlin s'en retourna auprès du roi Arthur qui l'attendait pour célébrer son mariage avec la belle Guenièvre. Après quoi, il lui déclara :

– Sire, il est temps de restaurer la Table Ronde que j'avais jadis donnée à votre père. Autour d'elle, dans une égalité parfaite, vous réunirez en un pacte d'alliance les meilleurs chevaliers du monde ; la prouesse de chacun sera le salut de tous… Tant que

* Non loin de la fontaine de Barenton se trouvent les restes de cet ancien jardin appelé aussi "Jardin d'Amour". *(Note de l'éditeur)*

durera cette confrérie la justice et la paix seront conservées dans votre royaume.

Arthur décida alors de réunir ses chevaliers, chaque année, le jour de la Pentecôte, autour de cette magnifique Table Ronde dans l'attente de quelque aventure extraordinaire…

La grande bête aux cornes d'or

Un jour, après avoir assisté à la messe, toute sa cour sortit de l'église et se rendit au palais royal. Tandis que les convives conversaient gaiement, l'intendant Keu *, tenant à la main une canne en bois de pommier, s'approcha avec désinvolture du roi :

– Sire, s'il vous plaisait, il serait l'heure de passer à table !

– Ne vous montrez pas désagréable Keu ; vous savez bien que je ne mangerai pour rien au monde tant qu'une aventure extraordinaire ou une nouvelle étrange ne sera pas arrivée. Allez vous asseoir dans un coin.

* Surnommé “Le Long”, Keu est le frère de lait du roi Arthur qui en a fait l'intendant (un rôle de premier plan) de sa cour. Il était renommé pour sa bravoure mais aussi pour son mauvais caractère, ses vantardises et sa propension à attiser les querelles. On disait qu'à table il buvait comme quatre et qu'à la guerre il tuait comme cent. *(Note de l'éditeur)*

Comme l'attente se prolongeait, tandis que les plats refroidissaient et que les convives étaient de plus en plus affamés, Arthur fit venir auprès de lui messire Gauvain * :

– Cher neveu, lui dit-il, faites seller les chevaux. Puisque l'aventure ne vient pas à nous, nous irons au-devant d'elle !

– Sire, vos ordres seront exécutés.

Et toute la cour s'en alla bientôt chevaucher à la suite du roi dans la grande forêt de Brocéliande. Alors qu'ils s'y étaient profondément enfoncés, le roi demanda que l'on fasse silence.

– Il m'a semblé, dit-il, entendre une voix appeler au secours ; je veux aller voir seul de qui il s'agit.

– Permettez-moi, sire, dit Gauvain, de vous accompagner.

– Mon neveu, n'insistez pas, le chemin de l'aventure est solitaire.

– Qu'il en soit fait selon votre volonté.

Le roi demanda son écu et sa lance ; puis, éperonnant son cheval, il se dirigea vers l'endroit où retentissait la voix qui redoubla bientôt étrangement. Arthur

* Toujours prêt pour les aventures, Gauvain était connu pour sa courtoisie et sa sagesse. Il était surnommé "le soleil de la chevalerie" car, comme l'astre, sa force augmentait jusqu'à midi puis déclinait jusqu'au soir avant de renaître le lendemain. *(Note de l'éditeur)*

arriva près d'une rivière sur les bords de laquelle s'élevait un joli moulin ; devant sa porte, une femme s'arrachait les cheveux et se tordait les mains de désespoir en poussant des cris aigus. Le roi, plein de pitié, s'approcha d'elle pour lui porter secours et lui demanda :

– Que vous arrive-t-il donc ?

– Sire, une énorme et terrible bête, descendue de la montagne, est entrée dans le moulin et mange mon blé.

Arthur regarda à l'intérieur du moulin et vit la grande bête sauvage : plus grosse qu'un taureau, le pelage épais et roux, un long cou, une grosse tête avec une haie de cornes, de gros yeux ronds, de grandes dents, un museau camus, de longues pattes, des pieds aussi longs que les colonnes d'une cheminée.

Le roi, stupéfait, se signa. Puis, mettant pied à terre, il se couvrit la poitrine de son bouclier et tira son épée du fourreau. Sans lui prêter la moindre attention, la bête continua de manger le blé à grosses bouchées. Arthur lui donna sur les flancs un bon coup du plat de son épée mais elle ne bougea pas pour autant. Posant son écu et remettant son épée au fourreau, le roi l'empoigna à deux mains par les cornes mais il eut beau tirer et secouer, il ne put ébranler la bête. Il voulut alors lever le poing pour lui donner un coup sur la tête mais ses mains se trouvèrent alors si bien clouées aux cornes qu'il ne put les en retirer malgré tous ses efforts.

La bête sortit du moulin avec le roi suspendu à ses cornes et suivit d'un pas bien tranquille son chemin à travers la forêt. Quand messire Gauvain les aperçut, il faillit en perdre la raison et s'écria :

– Chevaliers, portons-nous tous au secours du roi ! Celui qui ne viendra pas à son aide sera à jamais exclu de la Table Ronde !

Sans plus attendre, Gauvain galopa bride abattue au-devant de la bête et baissa sa lance pour la frapper.

– Pitié, mon cher neveu ! s'écria Arthur. Ne la touche pas car si tu la frappes, je suis mort. J'aurais pu la tuer mais je l'ai épargnée et il me semble qu'elle aura pour moi le même respect et ne me fera aucun mal. Laissons-la agir à sa guise et que surtout personne ne s'attaque à elle !

– Comment pourrais-je, sire rester là sans vous défendre ?

– Abstenez-vous seulement de frapper la bête.

Sur ces entrefaites, Tristan et Yvain, deux chevaliers de la Table Ronde, rejoignirent Gauvain, les lances baissées, prêts à l'attaque.

– Seigneurs, hurla Gauvain, ne l'abattez pas ! Il en va de la vie du roi.

– Que ferons-nous donc ?

– Suivons-la et observons son comportement ; mais si jamais elle tue le roi, elle mourra.

La bête s'en alla tranquillement. Mais soudain, plus droit qu'une hirondelle en vol, elle escalada une haute roche escarpée. Une fois là-haut, elle se dirigea vers le plus grand des précipices et tendit la tête au-dessus, suspendant ainsi Arthur dans le vide.

Tous les chevaliers en émoi se regroupèrent à la hâte en dessous et se lamentèrent, ne sachant que faire :

– Seigneurs, ordonna Gauvain, déposons tous nos habits au pied du précipice afin d'amortir une éventuelle chute du roi.

Les chevaliers se déshabillèrent bien vite et déposèrent un tel monceau de vêtements que le roi, s'il tombait, serait sain et sauf. En les voyant faire, la bête secoua un peu la tête, joignit ses quatre pattes et s'élança dans le vide. Elle laissa choir le roi, qui se cramponnait à ses cornes, sur ce moelleux matelas, où il ne se fit aucun mal. Puis elle se transforma en un beau chevalier vêtu d'écarlate de la tête aux pieds qui s'agenouilla devant Arthur et lui dit en riant :

– Sire, dites à vos chevaliers de se rhabiller. Ils peuvent à présent aller se restaurer car l'aventure, vous l'avez trouvée !

Le roi l'a bien reconnu, c'est le meilleur de sa cour, celui qui connaît tous les enchantements *.

– Par ma foi, cher ami, lui dit Gauvain, vous nous avez bien enchantés en nous faisant aller ainsi tout nus !

* Bien qu'il ne soit pas nommé, il s'agit sûrement de Merlin qui avait, de plus, l'habitude de se métamorphoser. *(Note de l'éditeur)*

Cependant, tous les chevaliers remirent en hâte leurs vêtements sans même en faire le tri. Dès qu'ils entrèrent dans le palais, ils demandèrent de l'eau pour se laver les mains car ils avaient hâte de se mettre à table. Il était, en effet, plus de trois heures de l'après-midi… *

* Adaptation d'un extrait de *Jaufré*, roman occitan anonyme, in C. Brunel, *Jaufré. Roman arthurien du XIIIe siècle en vers provençaux*, Société des anciens textes français, Paris, 1943.

C'est le seul roman arthurien conservé en langue d'oc. *(Note de l'éditeur)*

Le château du lac

Après ce bon tour, Merlin s'empressa de retourner dans le "Jardin de Joie" auprès de sa bien-aimée ; elle lui réserva un si bel accueil qu'il en fut encore plus épris. À sa demande, il lui apprit à faire couler une rivière, à changer de forme à son gré et à endormir qui elle voudrait…

Dès lors l'enchanteur partagea son temps entre la cour du roi Arthur, dont il était le conseiller le plus sage, et la belle Viviane dont il était si épris qu'il accomplissait toutes ses volontés. Ainsi, il lui enseigna les vertus des pierres, des herbes, des fontaines, et le pouvoir de certaines paroles. Il lui apprit à converser avec les animaux, à prédire l'avenir, à maîtriser les éléments. Petit à petit, il lui livra tous ses secrets si bien qu'elle devint une fée très puissante.

Un jour qu'il se promenait avec elle sur les rives d'un profond lac, elle lui dit :

– Doux ami, faites-moi bâtir le plus beau château de toute la Petite Bretagne…

À peine eut-elle émis ce souhait qu'un superbe palais richement décoré s'éleva sous ses yeux émerveillés.

– Cette demeure, lui dit l'enchanteur, restera cachée, sous la semblance de ce lac ; elle ne sera visible et accessible que pour vos proches et les visiteurs que vous voudrez bien recevoir ; vous pourrez ainsi y vivre en toute sécurité et en être la maîtresse sous le nom de la Dame du Lac, la puissante magicienne que vous êtes devenue * ; en effet, je vous ai transmis tout mon savoir et mes enchantements…

– Il en manque un, s'exclama Viviane, celui qui permet d'enfermer quelqu'un sans murs de pierre et sans chaînes de fer, seulement par magie.

– Je vous l'enseignerai à ma prochaine venue ; pour l'heure, ne cherchez pas à me retenir tant que le roi Arthur a besoin de mon aide ; je reviendrai dès que possible car, moi aussi, je ne puis vivre sans vous.

* C'est dans ce merveilleux royaume qu'elle éleva Lancelot du Lac, l'un des meilleurs chevaliers de la Table Ronce (cf. *Petites Histoires de Lancelot du Lac*, op. cit. *(Note de l'éditeur)*

L'ÉTINCELANTE ÉPÉE

Quelque temps après, il arriva qu'un chevalier inconnu, venu de la forêt, défia les chevaliers de la Table Ronde. Nouvellement adoubé, le jeune Girflet releva le défi mais il fut vaincu. Le roi Arthur décida donc de l'affronter lui-même. En chemin, il rencontra Merlin qui le mit en garde :

– Sire, cet adversaire possède une épée mieux trempée que la vôtre ; je vous en conjure, renoncez à ce combat qui se soldera par un échec et mettra en danger non seulement votre vie mais le royaume tout entier…

Mais Arthur voulut tout de même lutter contre ce mystérieux chevalier qui ne tarda pas à briser son épée de souveraineté en deux tronçons.

– Reconnais-toi vaincu, lui dit ce dernier, sinon ta dernière heure est arrivée !

– J'aimerais mieux mourir mille fois que d'être ainsi déshonoré ! rétorqua Arthur en se jetant sur lui les mains nues.

Mais le puissant guerrier eut le dessus et il s'apprêtait à lui trancher la tête lorsque Merlin lança sur lui un charme qui le terrassa et le fit tomber à terre.

– Pourquoi avez-vous tué ce preux chevalier ? s'écria Arthur.

– Ne vous tourmentez pas, répondit Merlin, il n'est qu'endormi et se réveillera en pleine forme dans trois heures. Au lieu de me faire des reproches, vous devriez regretter votre témérité et me remercier de vous avoir sauvé la vie.

– Hélas, à cause de mon orgueil insensé, j'ai perdu mon épée, comment défendrai-je désormais mon royaume ?

– Ayez confiance et suivez-moi !

Merlin conduisit le roi auprès d'un lac profond et isolé. À peine y furent-ils arrivés qu'une épée, brillant de mille feux, surgit du sein des eaux. L'enchanteur fit monter Arthur dans une barque qu'il mena auprès de l'arme brandie par une main gantée de lin blanc ; sur l'une de ses faces étaient gravés ces mots : “Prends-moi” et sur l'autre “Jette-moi”.

– Prenez-la vite, s'écria Merlin, c'est “Caled-vwlch”, “Dure-Entaille”, la fameuse Excalibur ; elle fut forgée par les fées lorsque le monde était encore jeune, lorsque les oiseaux, les bêtes et les arbres ne faisaient qu'un avec les hommes et que la mort n'était qu'un rêve… Cette merveilleuse épée vous accompagnera tout au long de votre vie. Ce n'est qu'avant de quitter cette terre que vous devrez la rejeter dans les eaux ; elle y demeurera alors sous la garde de la Dame du Lac en attendant d'être brandie de nouveau quand l'heure viendra ...

Arthur se saisit de l'étincelante épée ; elle portait l'image de deux dragons en or qui semblaient cracher des flammes ; c'était si terrifiant qu'il n'était pas facile d'en supporter la vue *.

Cependant la main avait disparu sous l'eau…

* Deux dragons semblant s'affronter sont souvent représentés sur les fourreaux d'épées, les casques et les boucliers celtiques de l'Âge du Fer, et leur symbolisme est protecteur. *(Note de l'éditeur)*

Le beau harpeur

"Sitôt que ma harpe chantait,
*des arbres tombaient des fruits d'or."**

Lors d'un grand festin au palais du roi Arthur, alors que l'intendant, messire Keu, servait le premier plat sur la Table Ronde, le plus beau jeune homme qu'on eût jamais vu arriva. Ses cheveux blonds retombaient en boucles sur ses épaules. Sa ceinture de soie dorée était ornée de pierres précieuses qui jetaient une telle clarté que toute la salle en était illuminée. Il portait à son cou une superbe harpe d'or ciselé.

Mais ses magnifiques yeux étaient par malheur aveugles. Un lévrier, plus blanc que neige, attaché à sa

* Extrait de Hersart de La Villemarqué, *Barzaz Breiz, op. cit.*; telle est peut-être l'origine du proverbe breton suivant: "Quand on est jeune on s'imagine que l'or tombe du haut des arbres". *(Note de l'éditeur)*

ceinture par une chaîne, guida ses pas jusqu'au roi. Après avoir salué ce dernier, le beau musicien se mit à chanter un lai* en s'accompagnant de sa harpe. Il racontait l'histoire d'une dame de Saint-Malo mariée à un vieux seigneur alors qu'elle aimait un jeune homme :

– Dites-moi, ma nouvelle épouse, pourquoi vous levez-vous si souvent la nuit ?

– Je vais écouter dans le jardin le chant si gai et doux d'un rossignol ...

Le vieux seigneur jaloux fit poser des lacets dans lesquels l'oiseau fut pris.

– Donnez-le moi, supplia la dame.

Mais, sous ses yeux horrifiés, son époux tordit le cou du rossignol et le jeta dans son giron.

– Tenez, tenez, ma belle, voici votre joli rossignol. C'est pour vous que je l'ai attrapé. Vous pourrez désormais dormir en paix, il ne vous dérangera plus…

Désespérée, la dame enveloppa l'oiseau dans de la soie et l'envoya à son ami.

– Hélas, s'écria-t-il en le voyant, ma douce et moi, nous ne pourrons plus nous rencontrer au clair de lune !

* C'est-à-dire un récit poétique, en l'occurrence, "Le Laüstic" (rossignol). Cf. Hersart de La Villemarqué, *Barzaz Breiz, op. cit.* et *Les Lais de Marie de France,* Honoré Champion, 1982. *(Note de l'éditeur)*

Puis il mit le rossignol dans un coffret d'or fin, le scella et le porta à jamais sur son cœur.

Tous les convives furent plongés dans l'enchantement ; même l'intendant Keu interrompit son service et s'assit pour l'écouter.

– Sire, dit le chanteur quand il eut fini, m'accorderez-vous quelque récompense ?

– Tout ce que vous voudrez, excepté mon honneur, mon royaume, mon épouse et mon épée.

– Je ne veux que le privilège de porter votre bannière lors de la prochaine bataille que vous livrerez.

– J'aimerais vous satisfaire mais comment pourriez-vous nous mener à la victoire alors que vous êtes dépourvu du sens de la vue ?

– En dépit de ma cécité, j'y parviendrai et mieux que quiconque... *

En l'entendant si bien répliquer, Arthur pensa que c'était Merlin sous un nouveau déguisement. Alors qu'il s'apprêtait à accepter sa requête, le beau harpeur disparut, laissant place à un jeune garçon au teint livide, au crâne rasé qui brandissait un fouet et avait l'air d'un fou.

– Me confierez-vous, demanda-t-il, votre bannière ?

* Suivant de nombreuses traditions (notamment indo-européenne) la cécité conférait des qualités de voyance. *(Note de l'éditeur)*

– Vous l'aurez, mon ami, je vous l'accorde de bon cœur car vous êtes Merlin, notre maître à tous !

– Comment ne m'avez-vous pas reconnu plus tôt ? demanda l'enchanteur qui avait repris son apparence habituelle.

– J'ai été dérouté de vous voir conduit par un chien vous qui savez mener une armée…

Une fois de plus toute la cour du roi Arthur se divertit fort de cette nouvelle transformation de Merlin.

L'enchanteur conseilla à Arthur de faire de nouveau appel aux Bretons d'Armorique afin de chasser définitivement les envahisseurs et, grâce à leur aide, le pays retrouva la paix. Le roi organisa de grandes réjouissances pour fêter cette victoire.

– J'espère, Merlin, que vous festoierez avec nous, lui dit Arthur.

– Sire, il est temps pour moi de repartir en Brocéliande et vous ne me verrez plus avant longtemps.

La prison d'amour

Je m'éterniserai sous l'aubépine en fleur. *

Dès qu'il fut auprès de Viviane, l'enchanteur lui enseigna, comme promis, les neuf charmes qui enserrent, puis il se promena, main dans la main, avec elle, dans la forêt. Tous deux s'assirent sous un grand buisson d'aubépine, paré de magnifiques fleurs blanches odorantes **.

Ils échangèrent des mots tendres et de doux baisers. Après quoi Merlin posa sa tête sur les genoux de sa

* Extrait d'Apollinaire, *Alcools*, 1913. *(Note de l'éditeur)*

** Les jeunes filles qui s'agenouillaient auprès de ce buisson d'aubépine, se mariaient, disait-on quand elles le désiraient... et ceux qui s'endormaient en dessous faisaient les rêves les plus fous. Apprécié par les fées, cet arbuste magique apportait le bonheur et la prospérité aux jeunes époux. Au Moyen-Âge, un chevalier partant en guerre, en offrait à sa dame un rameau, lié par un ruban rouge, en gage d'espérance et de fidélité. *(Note de l'éditeur)*

bien-aimée. Viviane lui caressa le visage et les cheveux tant et si bien qu'il finit par s'endormir. Puis, se levant doucement, la belle dame fit tourner son voile neuf fois autour de lui en prononçant les formules magiques qui enserrent dans un cercle que nul ne pourra jamais rompre.

Quand il s'éveilla, Merlin se retrouva sur un lit magnifique, dans la plus belle mais la plus fermée des chambres, invisible comme l'air mais dure comme l'acier.

– Vous êtes désormais tout à moi et vous ne pourrez sortir d'ici sans mon consentement, lui dit Viviane en souriant.

– Dame, que deviendrai-je si vous ne restez avec moi ?

– Beaux doux ami, je viendrai souvent me reposer dans vos bras.

Et elle tint parole ; bien rares furent dès lors les nuits et les jours qu'elle ne passa avec Merlin. De plus, elle continua l'œuvre de l'enchanteur en protégeant le roi Arthur et la confrérie de la Table Ronde.

La disparition

Comme un long temps s'était écoulé et que Merlin n'avait toujours pas reparu à la cour, le roi s'en inquiéta et envoya à sa recherche son neveu Gauvain.

Alors qu'il chevauchait à travers la forêt de Brocéliande, il croisa une demoiselle richement vêtue, montée sur un cheval noir. Mais le chevalier, très préoccupé par sa quête, passa à côté d'elle sans la voir :

– Gauvain, s'écria-t-elle, vous qu'on dit être le plus courtois des chevaliers vous n'êtes guère digne de votre réputation ! Non seulement vous oubliez de saluer une demoiselle mais vous ne lui proposez aucune aide alors qu'elle se trouve seule dans la forêt !

– Demoiselle, je vous en prie, pardonnez-moi ; j'erre depuis des jours en vain à la recherche de Merlin.

– Jamais je n'ai subi un tel affront mais vous le paierez cher et vous vous en souviendrez longtemps ! Je souhaite que vous preniez l'apparence du premier homme que vous verrez !

Gauvain avait à peine chevauché durant une heure qu'il rencontra un chevalier nain et une demoiselle ; il les salua aimablement mais à peine les eut-il croisés qu'il eut l'impression de flotter dans son armure devenue trop grande ; ses pieds n'atteignaient plus ses étriers ni ses mains les rênes de son destrier qui lui sembla avoir doublé de volume. Il ne tarda pas à comprendre que la malédiction de la demoiselle qu'il avait offensée s'était réalisée : il était désormais un chevalier nain, une moitié d'homme. Quel ne fut pas alors son désespoir ! Il faillit même se donner la mort. Ne voulant finalement pas abandonner sa quête, il s'accommoda du mieux qu'il put de son nouvel état et laissa son cheval galoper la bride sur le cou…

Soudain, il crut entendre une voix lointaine, si faible qu'il ne put savoir d'où elle venait. Quand elle devint plus nette, son cheval s'arrêta brusquement comme s'il s'était heurté à un mur invisible.

– Qui m'appelle ? s'écria-t-il, entouré par une brume vaporeuse.

– Messire Gauvain, auriez-vous déjà oublié le son de ma voix ?

– Est-ce vous Merlin ? Montrez-moi votre visage, je vous en prie !

– Je ne le puis, je suis prisonnier auprès de ma tendre amie, la belle Dame du Lac…

– Comment est-ce possible ? Vous, le plus habile et le plus sage des enchanteurs…

– De mon plein gré, je lui ai moi-même enseigné les enchantements qui lui ont permis de me garder toujours près d'elle ; il n'est, en effet, guère de jour ni de nuit où je ne sois en sa compagnie. Et peut-être suis-je plus fou que jamais car je l'aime plus que ma liberté ! *

– Mais le roi sera au désespoir…

– Dites-lui que mon temps parmi les hommes est achevé. Je demeurerai désormais auprès de ma bien-aimée qui m'a enserré dans la plus douce des prisons au cœur de la forêt où je jouirai avec elle du calme des arbres, de la vertu des fontaines et de l'éclat des étoiles ; dites-lui aussi que mon esprit veillera sur vous tous et que nous nous retrouverons sûrement, dans l'Autre-Monde… Quant à vous, ne manquez pas de secourir la jeune fille que vous avez offensée tout à l'heure ; malgré la petite taille à laquelle elle vous a réduite, vous avez gardé tout votre courage ; ayez confiance et vous retrouverez votre belle prestance. Adieu, messire Gauvain !

* Dans la “Vita Merlini” (“Vie de Merlin” de Geoffrey de Monmouth, 1148-1155), c'est au profit de sa sœur Gwenddyd que Merlin renonce volontairement à tous ses pouvoirs en ce monde. *(Note de l'éditeur)*

Sur le chemin du retour, le nain Gauvain aperçut à travers les buissons deux chevaliers à pied qui maintenaient de force au sol par les jambes et les bras la demoiselle qui l'avait transformé en nain ; cette dernière se tordait dans tous les sens afin de leur échapper.

– Vous méritez la mort pour oser violenter ainsi une demoiselle ! s'écria Gauvain.

– Ce n'est pas un misérable nain comme toi qui pourra nous en empêcher, rétorquèrent les agresseurs.

– Montez sur vos destriers car je ne saurais attaquer à cheval des hommes à pied !

Après quoi, Gauvain les combattit si adroitement que l'un d'eux tomba bientôt à terre.

– Arrêtez, messire, s'écria la demoiselle, vous avez suffisamment prouvé votre courage et lavé l'affront que vous m'aviez infligé.

Comme elle disait ces mots, le chevalier sentit ses membres s'allonger et, à son grand soulagement, il reprit sa forme première et sa haute taille.

LE DÉPART DU ROI

De retour à la cour, Gauvain raconta l'aventure qui lui était advenue. Le roi fut extrêmement affligé par la disparition de Merlin. Il continua néanmoins à accomplir une multitude d'exploits et à se couvrir de gloire. Sa renommée était telle que les plus vaillants chevaliers se pressaient à sa cour.

Un jour, le roi reçut des Romains une lettre menaçante lui réclamant un tribut exorbitant. Arthur convoqua aussitôt tous ses vassaux et alliés. D'un commun accord, ils décidèrent non seulement de refuser ce paiement mais d'en réclamer un aux Romains. Furieux, ces derniers réunirent toutes les forces de leur empire et franchirent les Alpes dans le but d'envahir le royaume d'Arthur. Quand il connut cette nouvelle, le roi confia le royaume à son neveu Mordret * et passa la mer avec ses guerriers afin de marcher contre les Romains.

* Selon d'autres traditions, Mordret est le fils incestueux d'Arthur et de sa sœur Morgane. (*Note de l'éditeur*)

Après plusieurs victoires contre ses derniers, alors qu'il se dirigeait vers Rome, il apprit que Mordret avait profité de son absence pour s'emparer de son trône : il avait annoncé faussement sa mort et s'était fait couronner à sa place. Il avait même tenté de se marier avec son épouse Guenièvre ; heureusement cette dernière avait demandé un temps de réflexion et en avait profité pour se réfugier dans un monastère.

Dès qu'il connut ces mauvaises nouvelles, Arthur revint précipitamment dans l'Île de Bretagne. Avec ses fidèles chevaliers, il décida d'attendre Mordret et ses alliés, dans la vaste plaine de Salesbières. Tandis que ses hommes dressaient les tentes et se préparaient de leur mieux à la bataille, le roi alla se promener dans la lande et put lire une inscription gravée sur un grand rocher :

"En cette plaine aura lieu la mortelle bataille qui laissera le royaume orphelin."

Ces lettres écrites jadis par Merlin ne pouvaient que dire la vérité mais Arthur ne voulut pas renoncer pour autant : il livra son ultime combat et transperça le traître de sa merveilleuse épée ; avant de rendre l'âme, Mordret eut néanmoins le temps d'enfoncer sa propre épée dans le flanc du roi qui tomba à terre, inanimé.

Il fut porté par sa blanche jument vers la mer en compagnie de son fidèle chevalier Girflet. Une fois sur le rivage, Arthur lui demanda d'aller jeter sa fameuse épée Excalibur dans un lac solitaire, situé non loin de là, derrière une colline.

Mais, en sortant l'épée de son fourreau, Girflet la trouva si belle qu'il ne voulut pas la jeter à l'eau et lança la sienne à sa place. Après avoir caché Excalibur sous un arbre, il retourna auprès du roi en lui disant qu'il avait exécuté son ordre.

– Qu'as-tu vu alors ? lui demanda Arthur

– Rien que des ondulations à la surface du lac, sire.

– Tu n'as donc pas accompli ma volonté.

Girflet y retourna mais se contenta de jeter seulement le fourreau d'Excalibur et revint à côté du roi :

– Qu'as-tu vu ?

– Rien d'extraordinaire.

– Quelle déception ! Moi qui te croyais mon plus fidèle chevalier ! Si tu ne fais pas ce que je t'ai ordonné, je te tuerai de mes propres mains !

Cette troisième fois, Girflet se résigna enfin à lancer la merveilleuse épée aussi loin qu'il le put ; des eaux surgirent alors une main gantée de lin blanc qui saisit l'arme au vol, la brandit par trois fois, et disparut avec elle dans les profondeurs… *

* Il s'agirait peut-être d'un lointain écho des rituels consistant à déposer des offrandes aux dieux dans les rivières, les lacs et les marécages (notamment des armes) ; attestée dès l'âge du bronze, cette coutume s'est poursuivie à l'âge du fer (avec des crânes de chevaux) et a perduré après la conquête romaine (objets miniaturisés et monnaies). Cf. Katherine Gruel, *La Monnaie chez les Gaulois*, éd. Errance, 1989 *(Note de l'éditeur)*

Girflet raconta au roi le prodige dont il avait été témoin.

– Maintenant que mon épée est retournée d'où elle venait, comme l'avait annoncé Merlin, je peux m'en aller en paix dans l'Autre-Monde… Adieu, mon ami, laisse-moi seul. Là où je vais, tu ne peux me suivre, mais sache qu'un jour je reviendrai…

L'Île des pommes

Tandis que Girflet s'en retournait tristement, il se mit à pleuvoir à verse et le chevalier s'abrita sous un arbre. Tournant alors ses regards vers la mer, il vit arriver un beau navire de cristal ; à son bord, neuf belles dames jouaient de la harpe. Il reconnut la fée Morgane *, qui en descendit et s'avança vers le roi. À peine lui eut-elle effleuré l'épaule du doigt qu'il se releva sans peine et monta avec elle à bord.

Les voiles de la nef féerique se tendirent sous le vent et, tel un oiseau de mer, elle disparut à l'horizon, aux accords de neuf harpes, entre flots et nuages, dans un

* Selon certaines traditions, Morgane est la demi-sœur du roi Arthur qui fut initiée à la magie par Merlin et devint une fée, reine d'Avallon. Elle est probablement une ancienne déesse celtique des eaux (du latin "Morigena", c'est-à-dire "née de la mer"). *(Note de l'éditeur)*

abîme de lumière, à l'horizon lointain des mers, en direction des îles bienheureuses…

Ainsi fut emmené le roi Arthur dans l'île d'Avallon *, couverte de merveilleux pommiers dont les fruits procurent la connaissance et l'immortalité ; l'île du bonheur, terre verdoyante et féconde, où il y a deux printemps, deux étés, deux moissons et deux récoltes de fruits ; la terre offre spontanément de riches récoltes et vendanges, sans qu'il soit nécessaire de la cultiver, de la déchirer avec le fer ; les fleurs renaissent à mesure qu'on les cueille ; neuf sœurs, dont la joie est la seule loi, règnent sur cette île. L'aînée est très habile dans l'art de guérir et surpasse les autres en beauté ; elle s'appelle Morgane la fée et connaît toutes les vertus des herbes et des plantes ; elle possède aussi le pouvoir de changer d'aspect et de s'élever dans les airs comme un oiseau. Elle peut aller en un instant à Brest, à Chartres ou même à Pavie et, quand elle le désire, elle glisse dans les airs jusqu'à nos rivages.

* Du gallois "afal" et du breton "aval" qui signifient "pomme", le pommier étant, dans la tradition celtique, l'arbre de l'Autre-Monde. Cette île mythique a été localisée dans divers endroits : l'île de Sein (en latin "Sena", à la pointe sud-ouest de la Bretagne) où Pomponius Méla, au Ier siècle avant Jésus-Christ, décrit neuf prêtresses vierges, capables de revêtir des formes animales à volonté, de prédire le futur, de soigner toutes les maladies et de contrôler les éléments ; ou bien les îles Scilly (au large de la pointe sud-ouest de la Grande-Bretagne), ou encore l'îlot d'Aval (Enez Aval), situé près de l'Île-Grande, dans les Côtes-d'Armor. *(Note de l'éditeur)*

Ce fut elle qui accueillit le roi Arthur sur un lit d'or dans sa propre chambre et le guérit de ses blessures.

Quand le temps sera venu, il reviendra… plus puissant que jamais *.

En Cornouailles anglaise, certains disent que ce roi mythique s'est transformé en un corvidé **.

D'après une légende armoricaine, la reine de l'Île d'Avallon, fort éprise du roi Arthur, l'emporta dans son royaume féerique au cœur de l'océan. Elle lui fit oublier son épouse, la reine Guenièvre, et ne le laissa en sortir que sous la forme d'un corbeau. Mais, un jour, il reprendra sa forme humaine et reviendra régner dans toute sa majesté ***.

Des légendes celtiques racontent qu'il est monté au ciel dans la constellation de la Grande Ourse, appelée le "Char d'Arthur", d'où il continue d'éclairer les hommes et de les guider ****.

* Thème international du héros momentanément disparu mais dont le retour continue d'être espéré. *(Note de l'éditeur)*

** Le plus souvent une corneille au bec et aux pattes rouges. L'affinité entre les guerriers et les corvidés et un thème ancien et récurrent dans la plupart des cultures celtiques, d'où l'interdiction de tuer et de manger ces oiseaux dans ces régions. *(Note de l'éditeur)*

*** Ce récit, probablement importé en Armorique par des émigrés d'Outre-Manche, fut recueilli à la fin du XIXe siècle. (in F. Bellamy, *La forêt de Bréchéliant,* Rennes, 1896). *(Note de l'éditeur)*

**** Arthur pourrait venir de la racine celtique *artos* qui signifie "ours" (d'où le breton "arzh", le gallois "arth" et l'irlandais "art"). Cet animal était un emblème de la caste guerrière.

Quant à Merlin, certains affirment qu'il a rejoint le roi Arthur dans la bienheureuse Île d'Avallon où il attend avec lui le moment de revenir afin de restaurer la justice et la paix.

D'autres encore pensent qu'il vit toujours avec Viviane dans ce palais de verre d'où il continue d'observer le mouvement des astres et de prophétiser...

Nombreux furent ceux qui continuèrent à le consulter et à entendre chanter sa voix dans les arbres de Brocéliande avec le vent et les oiseaux...

Où qu'il se soit retiré, l'heure venue, Merlin émergera, dit-on, de sa cachette. En faisant vibrer trois fois sa harpe d'or, il réveillera les chevaliers de la Table Ronde endormis et remettra sur son trône le roi Arthur. Ainsi sera restauré l'Âge d'Or toujours espéré.

En attendant, tel le brouillard, son esprit continue de planer et de régner sur les imaginations...

(suite de la page précédente) De plus, entre la Petite et la Grande Ourse se trouve une constellation appelée "Tête de Dragon". *(Note de l'éditeur)*

… ET DES SIÈCLES PLUS TARD

LA VOIX DE MERLIN

Il était une fois un pauvre bûcheron qui ne possédait qu'une serpe et un âne. Son seul gagne-pain consistait à faire des fagots et à les vendre mais il ne gagnait que six sous par jour ; malgré son dur travail, se levant tôt et se couchant tard, il avait bien du mal à nourrir sa famille.

Un jour qu'il se lamentait sur son sort dans les bois, il entendit une voix :

– Retourne chez toi, creuse la terre sous le sureau qui pousse dans ton jardin et tu trouveras un trésor.

Fort impressionné, le bûcheron s'agenouilla en disant :

– Qui êtes-vous, vous qui êtes si bon ?

– On m'appelle Merlin, répondit la voix.

– Je retourne de ce pas dans mon jardin ; Dieu vous bénisse Monseigneur Merlin !

– Va vite et reviens me trouver ici dans un an.

Le bûcheron s'empressa de piocher la terre à l'endroit indiqué et y trouva le trésor annoncé par Merlin.

Quel bonheur pour lui et sa famille ! Il n'eut plus besoin d'aller faire des fagots dans la forêt que pour éviter les soupçons de ses voisins.

Au bout de l'année, il retourna à l'endroit où il avait entendu la voix de Merlin.

– Messire Merlin, appela-t-il, êtes-vous là ?

– Me voici, comment vas-tu ?

– À merveille ; grâce à vous je suis sorti de la misère et ma famille est bien nourrie.

– Fort bien, mon ami, mais désires-tu autre chose ?

– Je voudrais être placé à la tête de ma ville.

– Dans quarante jours tu le seras.

– Grand merci !

Au bout de l'année, le protégé de Merlin, vêtu de son habit neuf de prévôt, revint au même endroit, dans la forêt.

– Merlin, appela-t-il, venez me parler je vous en prie !

– Me voici, mon ami, que veux-tu ?

– Une nouvelle faveur : notre évêque vient de mourir, mon fils ne pourrait-il le remplacer ?

– Bien sûr, dans quarante jours.

Et le fils du prévôt devint, en effet, évêque.

Au bout de l'année, l'homme revint vers son bienfaiteur.

– Merlin, demanda-t-il, fais-moi donc un grand plaisir.

– Lequel ?

– Que ma fille épouse le fils de notre grand juge auprès de la cour du roi.

– Soit ! Le mariage aura lieu dans quarante jours.

Il en fut ainsi, mais au bout de l'année, le prévôt dit à sa femme :

– Pourquoi irais-je dans le bois parler à la voix maintenant que j'ai tout ce que je désire.

- Vous devez, lui répondit son épouse, retourner dans le bois, une dernière fois, prendre poliment congé de la voix et lui annoncer que vous ne reviendrez plus.

Il s'en alla donc à cheval, suivi de deux sergents.

– Merlot ! Merlot ! s'écria-t-il ; adieu ! adieu ! je n'ai plus besoin de toi.

– Aurais-tu oublié le temps où tu étais pauvre ? La première fois, tu t'agenouillas et m'appelas Monseigneur. La deuxième, tu ne m'appelas que Messire, la troisième Merlin tout court et maintenant, Merlot, pour te moquer de moi. Quelle ingratitude ! Pauvre tu étais, pauvre tu redeviendras…

Le richard s'en retourna sans croire le moins du monde à ce que lui avait dit la voix.

Mais son fils l'évêque trépassa bientôt ainsi que sa fille mariée au grand juge. Son seigneur ayant déclaré la guerre à l'un de ses voisins, il fut contraint de s'endetter pour le servir. Plus de vin dans sa cave, plus de blé dans son grenier, plus d'argent dans ses coffres…

Pour payer ses impôts, il dut vendre ses meubles et ses terres.

– Hélas, se dit-il, j'ai tout perdu. Pourquoi ne me suis-je pas montré reconnaissant envers Merlin, mon bienfaiteur ? Mais il est trop tard ; si seulement j'avais encore mon âne…

Par charité, un de ses voisins lui en prêta un ; le pauvre homme reprit sa serpe et recommença à faire des fagots. Mais jamais plus il n'entendit la voix de Merlin *.

* D'après un extrait de Hersart de La Villemarqué in *Myrdhin ou l'Enchanteur Merlin, op.cit.. (Note de l'éditeur)*

Sous la protection de la fée Viviane

Ces jours derniers, comme j'accomplissais un pèlerinage d'automne à l'hallucinante forêt de Paimpont, toute hantée encore des grands souvenirs de la légende celtique, je croisai, sous les opulents ombrages du Pas-du-Houx *, une ramasseuse de bois mort, avec qui je ne manquai pas, vous pensez bien, de lier conversation. Un des premiers noms que je prononçai fut naturellement celui de Viviane.

– Viviane ! se récria la vieille pauvresse. Ah ! bénie soit-elle, la bonne Dame ! car elle est aussi bonne que belle… Sans sa protection, mon homme, qui travaille dans les coupes, serait tombé, comme un loup, sous les fusils des gardes…

Et elle se mit à me conter comme quoi son mari, un tantinet braconnier comme tous les bûcherons de ces

* Sur ce site se trouve la plus grande retenue d'eau de la forêt de Paimpont, vestige de la légendaire Brocéliande. *(Note de l'éditeur)*

parages, s'étant porté, une nuit, à l'affût du chevreuil, dans les environs de la Butte-aux-Plaintes, avait été surpris en flagrant délit par une tournée de gardes. Il voulut fuir : les gardes tirèrent. Une balle l'atteignit à la cuisse : il tomba, et il s'apprêtait à se faire tuer sur place, plutôt que de se rendre, lorsque, entre ses agresseurs et lui, s'interposa subitement une espèce de brouillard très dense qui voila tout, - le sol, les arbres, les gardes et le blessé lui-même. Et il entendit une voix sortie du brouillard, une voix légère comme un bruit de feuilles, murmurer à son oreille :

– Sauve-toi, mon fils : l'esprit de Viviane veillera sur toi jusqu'à ce que tu aies rampé hors de la forêt.

Telles furent les propres paroles de la fée, conclut la ramasseuse de bois mort.

Et, dévotement, elle se signa, car la religieuse Bretagne – comme vous le savez – vénère les fées à l'égal des saintes *.

* Extrait d'une lettre d'Anatole Le Braz à W.Y. Evans Wentz, in *The Fairy-Faith in Celtic Countries,* Rennes, 1911, rééd. Colin Smythe, 1977. *(Note de l'éditeur)*

TABLE DES MATIÈRES

AVERTISSEMENT 5

LE SECRET DES DEUX DRAGONS 9

UN ENFANT PRODIGIEUX... 13

...OU UNE CRÉATURE DIABOLIQUE ? 15

LA TOUR CROULANTE 20

LE MAÎTRE DE LA FORÊT 25

SOUS DIVERSES APPARENCES 28

LE CERCLE DES GÉANTS 31

LA TRIPLE MORT 34

L'ÉTRANGE COMÈTE 36

LA TABLE RONDE 38

UNE CONCEPTION MAGIQUE 41

LE FOURREAU DE PIERRE 46

DE SURNATURELS COMBATS 49

LA PLUS BELLE DES REINES 51

LE JARDIN DE JOIE 54

LA GRANDE BÊTE AUX CORNES D'OR 58

LE CHÂTEAU DU LAC 64

L'ÉTINCELANTE ÉPÉE 66

LE BEAU HARPEUR 69

LA PRISON D'AMOUR 73

LA DISPARITION 75

LE DÉPART DU ROI 79

L'ÎLE DES POMMES 83

... ET DES SIÈCLES PLUS TARD

LA VOIX DE MERLIN 87

SOUS LA PROTECTION DE LA FÉE VIVIANE 91

Impression réalisée en France par Vasti-Dumas
pour le compte des éditions Terre de Brume en février 2008
Dépôt légal : mars 2008
N° d'impression : 08-02-0147D